Chantel Gong —To the Lady in a Cheongsam

香黛宫——写给旗袍女子

香
是沉香 是岁月
是染指的那抹飘然

黛
是黛青 是着色
是清扬的那丝柔情

宫
是端庄 是从容
是肃然的那方富贵

是含露的一垂手
惹得早春的娇羞
唤醒迎春花儿怒放的盛宴款款

是侧身的一个回头
百媚婉转的灵动
惹得谁家屋檐翻飞的鸣雀啾啾

不敢回望你的美
却一次次梦回长安
从唐朝到今朝

SORTIDA
CAMIONS

The Cheongsam by Moonlight

月色旗袍

听见这夜的布匹织得紧密
弦月铰着布的边角
星星缝制的针线
闪烁晶莹
哪里需要钻石伪装
更哪堪人为修缮

挥一挥手臂
揽下这夜的布匹
要趁这夜色还浓
为爱人缝一件
月色旗袍
清辉的色 静谧的爱
缕缕微皱的 把弄好久的
这自然的杰作
沾上最浓的夜的墨汁
点了一滴泪 记着思绪
抹了一笔柔 表述情意

若你也能多看我一眼
只是一眼
想必这旗袍还未成形
早已价值连城

还是罢了罢了
如果一件炫衣
能留住芳心一颗
我愿随月色夜夜不停休
纺织加缝补
了此一生

One on Memory

有些人靠记忆活着

我不记得哪年见过你
只是见过后便没有忘记

还记得那日的艳阳
淡淡地轻搂你的额头
排列你清幽的思绪

天气有些寒冷
你走在前头
缓慢迟钝的步履
明明是要遮挡这北来的风
你推开门让我先进
我有些迟疑
对于程序我总是缓慢的

我们坐在室外的阳光里
像坐在前一个世纪的清晨
光线不知疲惫地重复着怀旧的旋律
而你的笑容一绽开就止不住
咧开的嘴角是五线谱上最高的音符
时光叫人不能有过多的话语
沉默是谱曲时少不了的休止符
当旋律再次响起
嘴唇轻啖欲言又止

我们就这样静坐着
等待语言宣布开始
等待语言宣布曲终

Shadow
光影

光影 光影
你是多么幸运
你可以偷窥我迈着细碎的脚步
鞋跟轻轻敲击着石板路
辗转于时光深处

光影 光影
你斑驳成点
一个一个敲击在毛孔上
你拉扯成线
一缕一缕横沉在肌肤里
袅袅婷婷

你可以移动
从微翘的嘴角到不屈服的鼻尖
你可以调整
从45度斜角到90度的辐射
无论怎样旋转
都是逃不出的斑斓

时光呀
也缓一些
也静一些
好让我感受空间里玫瑰兰的香
还有被光洗过的泉水的叮当

This Wipe Delicate Color

这抹娇嫩的色

穿旗袍的女子是缓慢的
慢到雨中的长亭拉黑了夜幕
慢到长发斜挂如柳
慢到伤口成为岁月的尾花

若你从北方来
一抹娇嫩，快马加鞭来迎
想远古与今生的不期而遇
岁月也不胜你的娇羞
用淡粉 用浅绿
将粗鲁的现代生活
轻轻包裹

Night and Day
黑与白

白日
把思想
曝晒给了太阳
是对阳光的贪婪
是对明媚的渴望
花样年华总有春色满园

不怕被人捆绑
是对生的迷茫
是没有对死的恐慌
只是冷香端凝
蓦然间姹紫嫣红开遍

黑夜
把灵魂
出卖给了月亮
是对光辉的膜拜
是对温柔的虔诚
是让自己的内心敞亮
粉光脂艳的面容
宛如一朵玫瑰开到最艳丽的时候

我不在乎
是不怕意念出窍
是不怕幽灵缠绕
因为从未隐藏过
对生命的感伤
对死亡的奖赏
昏暗阴郁的岁月长廊
有我 粉光脂艳
热烈而懵懂的美丽

Cane Chair

藤椅

藤椅上的一个枝蔓
纠结 缠绕 在你的掌心里
是我

盘腿曲膝的一个少女
承载里沉淀 飘落
是我

发丝是藤蔓
多么喜欢缠绕
或者被缠绕的一阵海风轻掠
是我

采一朵小花别在发髻
藤蔓终究会有盛放
是我

等空绝海就会如约而来
坐定你的江山
是我

Flowing
涌动

景色是向后陈设的
步伐是向前移动的
你是从来不动的

以转动的视线的轴 安放你

心情随季节高低起落
总是前后的落差
才明白万物有别
找不到你
怎么会明白自己的存在

隐约里有一种震颤 那是感应
平静中生发一片波动 那是心旋
看不清风来自哪个方向
黑夜不用光线照明
空气里有波电涌动

Dreams and Reality
梦与现实

昨夜难得有梦
梦见梦
梦见现实

而你坐在梦与现实之间
我心存犹豫
然而躲闪不开的欲望
指示我向你出征

我携带着盾牌
以为这会是最好的防御
防御在倒下之前
却被迫射出手头仅存的心箭
利箭一出 我身心俱灭
而拼死一绝的举动
是所有怀揣梦想人的决绝
我以为自己是正常的

绝望中那最后的呜呼呀
只是临死的残忍
在穿破宇空的瞬间
嘶哑 破裂 坍塌
又把我带到梦与现实之间

这一次 我不迟疑
丢盔弃甲
直接逃亡

Ringtone

电话铃声

为什么在济济的人潮中
会突然地有一种沉寂
莫名的

不知道这是什么
人们喧闹着
我却看到背后遥远的呼叫
只能背过身去
不想被人看到
这脸上一瞬间的悲凉

我错了
夜里是需要喧哗呼应的
这扫兴的悲是从哪个角落出来
是年末未燃完的鞭炮
是聚会未喝完的那滴酒水
是迎春未表达出的那份祝福

怎么会这么复杂
不是说你我皆为水吗？
在雨中飞的 在雪中化的
无论怎样变化你我原为一体的

我向夜空拨了一个电话
如果你收到
当第三声铃声响起时
你就挂断了吧

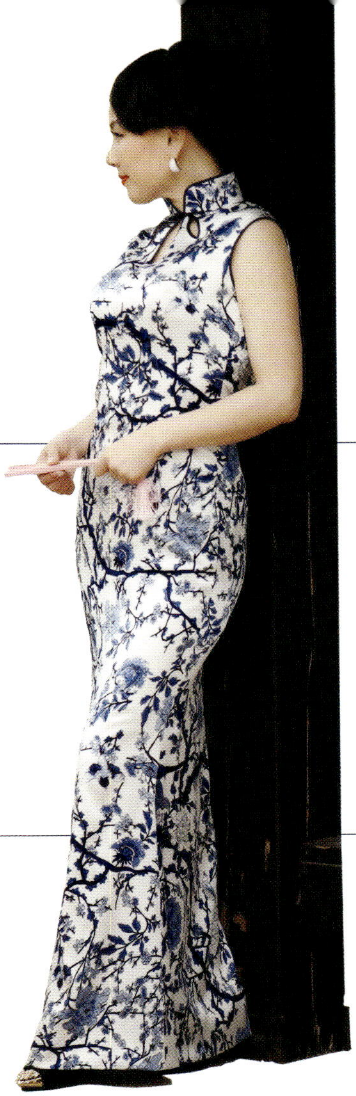

Telepathy

感应

总有一场尚未命名的恋爱
包裹着我
细密的盘扣
针线的丝脚
从树木的年轮里
渗出甜蜜、忧伤和迷茫

不知道是迷恋甜后的苦
伤后的期待、怅惘后的不能自拔
还是我身体里的北方
密布出
湖泊交错的江南

我只是傍水而居的女子
轻垂的飘忽的翻动的
几朵布匹一团锦花
相拥着我的肉体
不惊动时光，不定格青春
只等待一场款款向你的
出发

Night Trio

夜的三重奏

哎
这夜来的晚 去的还早

一位身着礼服头饰堂皇
彩灯摇曳
或挥手或踮脚
在光影婆娑中斑斓

一位口含斑竹声色纯粹
韵律起伏
或长箫或短笛
在夜色空明中委婉

一位心披袈裟探臂交错
情意摩擦
或叩门或翘首
在玄月和鸣中参禅

夜可以感受
夜是在观看
夜是虚虚实实
夜是实实虚虚
夜需要倾听
这夜就是液
是奔流 是浅溪 是飞瀑
不止不休

旗袍，

是一种内与外和谐统一的典型传统旧时时装，

曾承载着时代的文明。

它以其流动的旋律、潇洒的画意与浓郁的诗情，

表现出近代中国女性的贤淑、典雅、温柔、性感和清丽，

诠释了20世纪上半叶的中国城市女性特有的时尚性情与气质。

它追随着时代，承载了中华服饰文化的文明，

显露出中华女性良好的修养与个人美德，

演化为天地间一道绚丽的彩虹。

着一袭长袍，放飞美丽心情，

拥有了一份如水婉约的情怀。

NATURAL

自

然

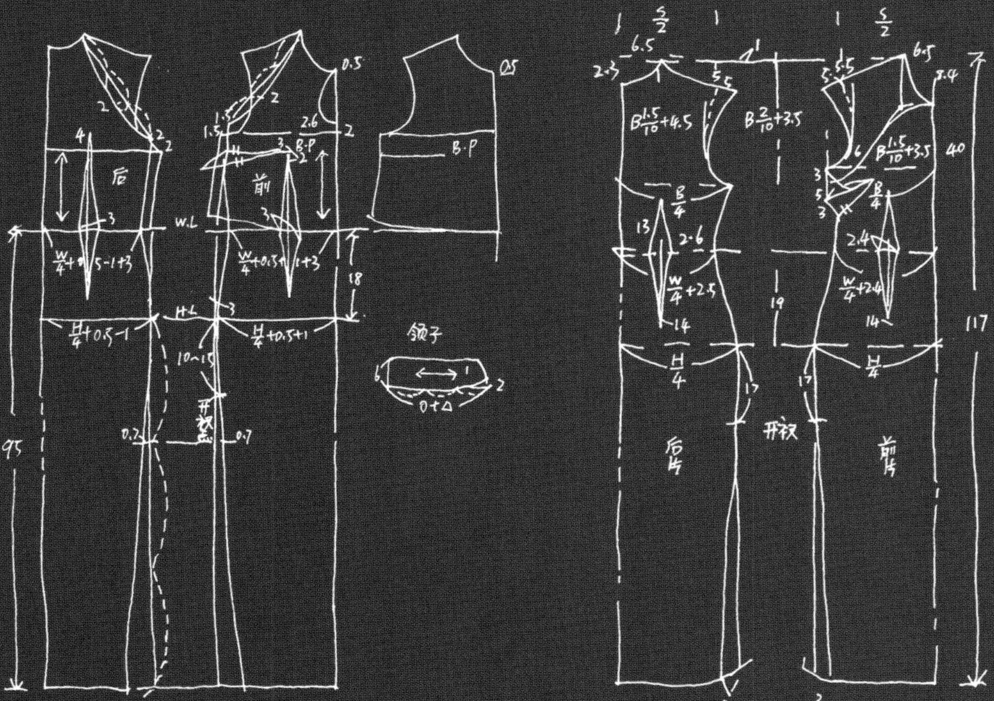

自然型旗袍

Natural Cheongsam

天然随意、
轻松潇洒、
亲切朴素的自然型旗袍，
其所有的美蕴含在随意中，
有很亲切的自然感。
具有民族风味，
潇洒、
随意而亲切，
保持简约风格的同时又有时尚元素。

Alone to Sunlight
一个人的阳光下

喜欢这样天色的蓝
也喜欢你身上的蓝

低调的灰是你羞涩的脸
夺目的蓝是你璀璨的眼
空气一边稀薄
一边浓烈汹涌

在空中慵懒地舒展
是你怀中簇拥的程度
你是爱耍脾气的大小姐
我就是最调皮的公子哥
任你幽游 耍赖
一条蓝色射线就让你降服

拨开线与线的间隙找你
原来我就是你的影子

Miss Autumn

想念秋

我是你窗台
驻歇的云雀
婉转
鸣啾

我是你门前
滑落的枫叶
飘然
挽留

风乍起时
吹皱了
一湖忧愁
风萧落后
闲落着
满目清幽

我于秋起 君将秋末
相隔了
整整一季的秋

Just Want to Cry
—Dedicated to Gatsby
只是想哭——献给盖茨比

我是胆小的
只会扯过夜来哭

一场痛痛快快的哭泣会是最好的解释
一声长长久久的呼喊会是最好的诠释

今夜是用水做的
完全的
不需要任何一双手
这世上总会有人种植痴迷 总会有人种植伪装

而我想问
你的贫穷生出光辉
让虚伪退怯锋芒

我知道短暂的奢靡并不能让人长久止痛
我知道伪装的扮相并不能替代肉体成长

只愿一生里用最梦幻的承诺盼你
只愿孤独里以最柔软的姿态待你

Leading Me,Please

牵引我

那日说好
再见一次
就此一次

月光恍如被单 漂洗得泛白
陈旧更像岁月
拖延着过去
存留在投影机里
在没人的房间里反复播映
空气是最上乘的观众
沉默 静谧
在光的投影中
尘埃的颗粒翻腾

准备了一肚子的话
刚要张口
眼神成了最抢镜的演员
用一种能量扫视观众
接应者只能倒下
连呼吸也变得生疼

期待一束光
来自地平线的海岸
不用航行
就可以到达彼岸
心与心能贴得近些 再近些
只要撑杆
帆就轻扬
从未想过停靠
只要前方有你的光线闪耀

Night

是夜

在泪水温热的世界
夜如新草
密密地生

缤纷过的月色如刀
交割了一茬又一茬
朝向阳光的仰望

而夜的汁液
渗过焦灼的土地
干裂 破碎

而夜的氤氲
透过浑浊的空气
弥漫 侵占

用划破天空的骤雨
锤打一遍又一遍
生命的中年

Miss You
想起你来

想起你来
就想起一个家

清雅温馨的岁月
总有芬芳娇柔的一朵花
冰雪相逼的日子
总有你站在屋檐下

刚晒完的衣物
温暖而蓬松
我在火热的青春与浩荡的梦想里
而你正站在树荫下

刚蒸熟的米饭
滚烫而香绵
我在芬芳渐失的生活里
而你正站在灯光下

刚倒满的茶水
清幽而飘渺
我在滚烫的漂浮里
而你正站在茶树下

我还是站在万里堆雪的阳光下
两手空空不知道家在哪里
却依然坚决地
和岁月相爱

Burial
埋葬

我以为西藏就是我的天堂

让我们先体会最苦难
剩下的都是最甘甜
让我们先感受最彷徨
其余的都是最幸福
让我们先经历最艰难
还有的全是最清凉

一起的　还有没有开始的感情的伤

Spring
春天里

一说到春天 故乡和童年
像父亲滚动的喉结发出的声响
让我神伤

一说到春天 月光和花香
像母亲围裙上油腻出的花朵
让我情长

春天里
到处有我的愧疚和谢意
那些花那些草
表述衷肠

The Spring as Evidence

有春为证

一朵花瓣
从未期待会有怎样的辉煌
一次绽放

只是在春天来临时
我的心语被轻轻唤醒
如果你仔细看
我的羽毛一瓣一瓣在晨光里
抖动得如此婆娑
如果你认真听
我的弦乐一曲一曲在微风中
提拉得如此细密
我把自己演奏成你描绘的样子
记得你述说的梦中的情景
无论翠绿 娇粉 柔白 艳红
一色一色绝没有敷衍的沾染

然而春太短
然而天太长
当撩人的蜂一次次嗡鸣而过
你的脚步被耽搁在春雨的回程中
无望 无期的那一片艳
在午后注定演绎成海市蜃楼的一个梦

心思再也拖不起身体的沉重
疲惫的焦灼
让依偎的花瓣从根部开始腐烂
先是最外面的打着卷的那瓣
接着越是强健越是脆弱
当身体最终轻盈得连风也不承载
能留下的就是最不愿被提起的
直白的赤裸
连蕊心也不能说明

让风轻送
让水依托
飘零是春天最后的一场谢幕
在没有被春泥践踏之前
请把我轻轻拾起
封存在你的书页里
来年你还会想起
曾经有过的那个春天

Dark All Around

天黑黑

天看见地黑了
雨看见云哭了
我看见你来了

你倾斜着
夹着风带着雨
风雨迢迢

灯也坏了
曲也灭了
准备了几个晚上的舞也散了

寻出杯
拧开盖
一瓶珍藏的酒
可能只有饮了才能证明粮食的价值

我不吃
亦不喝
我失语了静坐
眼看着一个故事要上演了

这时
天黑黑
雪看着看着
就来了

Pain

伤

你能感受
如果用一整个晚上感受夜
那么黑就会更黑吗

立在桌角的是灯台
坐在屋角的是女人

热了又热的菜
会更熟么
这温过又凉的酒
摆明了就想一场胡来
就势宣战吧
多么难得
平时装扮得真是端庄
这时有情有景
既然环境具备
不如自由更像样

昏霎霎个夜
愣飒飒个情
烛台敌不过黑
隐了去
女人敌不过一个责
用倒掉的菜肴忽略内心的荒凉
成全的都是别人看不到的悲伤

黑的就是黑的
并不能因此说看不到

Lonely
孤独

当所有的电话都没有应答
当所有的信息都生不出牵挂

一如枯荒的沙漠里没有任何嘈杂
一如阴黑的峡谷里满是沟壑如麻

我没有哭 只看见杂草的孤独
攀爬 攀爬直至缠绕我的鬓发

是要撕裂这脸上残存的荣华
一切伪装都只是眼睛的窗花

孤独在夜里奔驰
是脱了缰绳的铁做的战马
是幻化成回忆的凝固的伤疤
你看它纵情驰骋没有语话

而语话是黑夜里
最没有力量的笙歌
且抑且扬
没有其他

现代意义上的旗袍，

是指诞生于20世纪初叶，

盛行于三四十年代几经变化后的改良旗袍。

20世纪初，

就在这样一个整个社会动荡不安的年代，

中国人依然没有忘记享受生活，

于四处硝烟中趁机发展了时装业，

他们拿旗人的女长袍加以改造后就成了一件璀璨的艺术品。

改良后的旗袍在结构上吸取西式裁剪方法，

袍身更为称身合体。

旗袍的样式也发展为多种：

开襟有如意襟、琵琶襟、斜襟、双襟；

领有高领、低领、无领；

袖口有长袖、短袖、无袖；

开衩有高开衩、低开衩；

还有长旗袍、短旗袍、夹旗袍、单旗袍等。

ROMANTIC

浪漫

浪漫型旗袍

Romantic Cheongsam

适合这种类型的女性有夸张的女人味，
妩媚、迷人、华丽、高贵。
轮廓及五官曲线感强，
身材丰满、眼神妩媚、
气质高贵、华丽。

旗袍特点：
不求流行，
但这些服饰看起来是曲线感强烈的、
成熟的、华丽高贵的，
大朵花色，图案唯美。

SORTIDA
CAMIONS

Poem

诗

我想我是爱你的
我终于可以坦然地冲破一切顾虑呼喊出来
呐喊出来 从此就唤出了自己的真

我想我是爱恋你了
是如此羞涩
我把你引渡到阳光下
看你轻缕衣衫
薄光里 你肌理通透

我把你带引入月光下
见你轻转身姿
微叹中 你神情婆娑

哦 这是怎样的你与你的生活
被搁置阁楼太长
被掩藏真实已久
不善待自己很远
不明了你那么多

你从未远离我
你慢慢呼唤我的醒
你静静期待我的真
当本真被释放
当生命被唤醒
还有什么不可以
被创造 被创作 被生发 被激发

哦 我爱上了你
我爱上了你
这诗与诗里的生活

Osmanthus Wine
桂花酒

一直以为
只在春天才有花的朝拜
而今
你我相逢在桂花的清香里

你说要酿一坛桂花酒
这酒必注满秋日私语

于是
我看见
天蓝 地阔
山岚 水潺
从头颅到脚趾
每一缕毛发的膨胀里都有醉的基因

于是
我发现
癫狂 痴迷
唯我 无觉
从话语到思想
每一次心脏的颤动中都是情的搅和

请问
是你醉了
还是
桂花醉了

Strange Land

他乡

还记得那夜
你大哭
一件衬衣揉湿成T恤
贴紧的棉布如你的面
一张朴实深陷的峡谷
布面的纹理密密地斜织着
纵横穿插似你理不清的心绪

你讲述着一个凄美的故事
我不敢相信其中的真
冲动 青春 骚乱
是那时的场景

那天天气太阴
我已记不得这是哪个年代的背景
且情感又从不以很久很久以前作序
伤它总是历久弥新

你不断颤抖 抽泣
脆弱如新月
还未探出头就已云遮雾罩

我捋了捋你的发
看清那里长满青苔
不思打理
不懂清扫
纠结的全是破絮
罢了罢了
旧事是疤 新事是痂
当情感的痒一发
由表及里的岂止是溃烂
更是坍塌

摘一片今夜的月
寄给思乡的他

Just Love

只是爱着

我要的不多
是蜻蜓一点水的轻盈
是燕过晴空的飘零

我看见风带着呼吸从我耳边涓涓而过
我听见呼吸卷着风从我唇边冉冉而过

是坐在云端的一只山雀
分不清白天与黑夜
是婉转不停的吟唱
唱着孤独者的快乐
唱着快乐者的孤独

要选择啼哭宣告存在
要选择痛苦感受存在
要选择挣扎完成存在
要选择仇恨证明存在

我只是爱
爱着爱
爱着存在

94
96
98
98
100
98

Loving You

爱你

从不敢随便表达
这两个字好难
一个是AI
一个是NI
今晚用积攒一生的勇气
吐出

说完
只待死亡
或者 或者
你来把我拯救

Love is Like Toothache

爱情是个牙痛的问题

这几天牙痛
奇痛无比
眼看着已经无法进食
我用最爱的水果引诱她
她回我痛
我用最喜欢的鱼肉劝慰她
她告我难忍

这痛呀
就一如我的爱情
陷入沼泽
欲用最钟爱的蜜语惯养她
答案尽是谎言
欲用赤胆忠心的行动侍卫她
她竟已逃之夭夭

有些痛
就该连根拔起

Banishment
流放

探寻一场南方的雨
青石块的光亮
硬木板的青苔
和着西边天的微醺

想着这雨是天空醺醉了
揉碎了心化作水滴落
被之浇灌的人儿呀
脆弱 娇贵
难躲 责备

心底深藏的隐痛哟
是会在雨的迷蒙中呈现么
一生探寻的那个真哟
只有落雨才能唤醒么

一场撕裂心扉的呼喊
一次隐身自我的奔跑
用绝望代替哭泣
是要浇灭欲望
真该撤掉思绪

思想从来都是进步的衍生物
又是制造绝望与痛苦的刽子手
而雨呀 你是明事理的宠儿
你知道 对待纠缠不清的
最好的方式就是流放
一如枯堤流放江湖 荒漠流放绿洲
一如我流放你
在南方的雨中

Square Nails

方钉

自从认识你的那天起
便把自己交给墙壁
而墙壁欢喜的并不是我的屹立
它期待的是另一只铜镜的心意

如果我的姿势并不足以修饰你的美
你完全可以把我挡避
只要我还能把根埋进你的心底
还能用头悬挂你的外衣
我不介意

而我终究不能原谅的是
只因打碎了铜镜
你便把我连根拔起
只留空洞的坑
来对抗越演越烈的痕迹

Medicine
药

用时间洗涤记忆
记忆早先于我 篆刻了你的场景

忙乱在你看来是荒唐的
有人却用来装饰流失的分秒
怎样才能忘记一种痛
像忘记一种爱恋一样
越挣扎越被深扎

当淌着血的伤口
愈是红艳得醒目
内心才开始沉淀宁静
内伤是病 外伤是药
运用药理
两处皆伤

不是痛着等待
就是痛着伤害

Cut Hair

剪短了发

谁赋我万千烦恼如发
谁结我千万思绪为发

霍霍一把剪刀
咂咂一臂气力
你未发言
惊叫的是我

一片碧湖截开
万亩良田灌溉
一树柳枝削断
千朵花絮漫天铺盖

这扯不清的牵挂
这记录四十载的一场华梦
顷刻间
灰飞烟灭

Parting

告别

像春天会告别
一场带雾的雨

秋日也会告别
一幕落日斜阳

而我也会告别
一出没有舞台的戏
一季没有喝彩的剧
终究
也要与你告别
在岸堤旁 在柳荫下 在波光里

我把每一次重逢
都雕刻为告别
把每一回对话
都镶嵌成告别
从额外的惊喜
到纷杂的误会
从日出的喧嚣
到日落的眩晕

我的告别
都是用秒针悬系的呀
而每一秒
都因指针的震颤
延长 拉伸 增值 铭记

哦 我的爱
我把整个青春都装裱成了告别

醉生梦回

Live in Dreams

我有清波一许
久等回音几度

偶有芬芳飘过
揉一把团黄嫩绿
醉了去

湖清盈岸依依
盼君至

几载相思
泪洒柳枝头
别了去

荡木舟水涟漪
慢晃慢悠
千秋已过
痴梦难平
荒唐荒唐

叶已归霜已落
雨打苏堤
且紧且急
秋风横过
隐了去

1931年后旗袍又开始变长，

下摆下垂，

至30年代中期，

袍底落地遮住了双脚。

越来越短的是袖子，

原先能遮住手腕的袖子缩短至肘部，

再后来缩至肩下两寸，

1936年后几乎无袖。

进入30年代后，

旗袍多在长短、肥瘦及装饰上略作调整，

而无法跳出基本的轮廓，

这也说明旗袍发展至此已然成熟完美，

现代意义上的旗袍造型由此奠定。

ART 艺术

艺术型旗袍

Art Cheongsam

有强烈的冲击力，
夸张强烈，
让人印象深刻。
艺术型旗袍的特点是夸张、
存在感、时髦、
成熟、大气、欧化、骨感。
体现人物成熟、
练达、夸张、大气、
风风火火的特征。
要突出个性，
拒绝平庸，
张扬自我。
图案几何造型、
对比色较多。

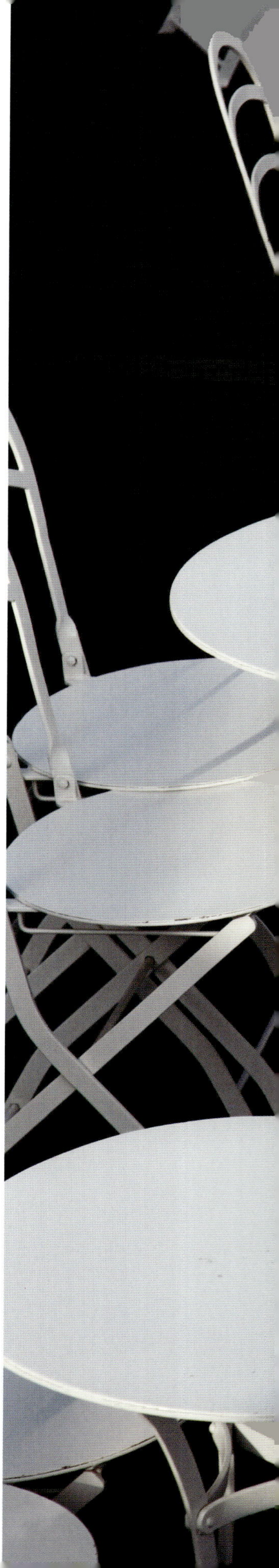

First Day

第一日

第一次你牵我的手
那时你总推着一辆便捷的自行车
你不骑 只是用做故事的道具
隔着一米的距离你跟着我
干净的空气是交流最近的途径

第一次你抱紧了我
一个人与一个人的距离最近会有多近
这是个值得思考的问题
带着责任你说这需要证明

第一次你亲吻了我
青春的标志是高昂着的头
清高是一条不设防的岸堤
当最温柔的视线发射
最先倒下的是最高的形式

生命有太多的第一次
今天是第一日
一生的第一日
汇聚每一个第一次的第一日
我们是第一日上演的剧目
安插的全是第一日的剧情
并从此 由生到死

The Memory of the Lake

湖的记忆

湖面如此平静
探望湖水便看见你
记忆正如这面湖镜
经过时间的淘洗
能留下的已沉入底

悠悠泛舟
欲掀起些涟漪
桨轻拨 舟慢驶
或急或弛
搅动的仅是只言片语

还是来些风吧
宁静久了也会倦的
更何况
总也无法探个究竟
最好还能扬起帆
顺风或逆风
有风就是方向

在心与岸的两端
每一方寸的进退中
都罗列着湖水的纹理
无论浅尝或是高歌
只在你的表象里
触探不到的是这湖的深度

Cold Day
天冷了

不知道走了有多长
不知道爱了有多久

只知道刚明白爱 爱就散了
只知道刚踏上路 别就开始了

也曾一次次挽留
以为往事多少会有坚持的理由
哪怕是因为初见的那场雨泪
哪怕是因为那晚的一次酒醉

然而 风过无风
然而 心过无心
你只简单摆了摆手说了句
天冷了 保重

Midnight Tango

午夜探戈

灯光破破碎碎
酒杯倾倾斜斜
我不喜欢这种气氛
你却偏说
不醉不归

不醉？
什么是不醉！
难道只有酒才会使人醉
难道只有光才会使人迷
而一个意念
我就已被催眠

不归？
什么是不归！
难道只有家才能让人安顿
难道只有地才会让人落脚
而一个眼神
我就有归属

你要跳一曲探戈
碰撞的瞬间
灵魂就已被收编

Dressed with a Dustpan Moonlight

用簸箕盛装月光

当月光结伴云彩
温润 霓彩

要你带我回归
结伴 随行

故乡里
夏日的月夜
星星自成一体
两三颗一伙
自由张罗 不听从调教
颠倒方向的排列 由着性子的遐想
是童年最放空的思想

叮咣叮咣的梳洗后
簸箕是浴后的床
翻滚 打圈 扑腾
把身体折腾成刚挖出池塘的藕荷
一截素白 一段乌黑
放肆是最接地气的裸露的泥

当月光无需透过任何界面
任由着穿行
从未发现这样透明的眼睛
只铺满光辉闪亮

蛙声不够响亮
蝉鸣早已折断了翅膀
而遥远的笛声是火车的歌唱

这夜太绵长
汽笛是宁静最好的休止符
适合儿童对未来的一切幻想

The Final Farewell
最后的告别

有些城市是不下雨的
就像有些人不爱雨天

只是场景太残忍
是天不忍我的悲
要将告别安排在雨夜里

轻盈飘渺的是你
沉重撕裂的是我
雨的丝浇灌着你的发
灯的光摧残着我的心
当所有的丝线纠结在一起
眼光里只有我的绝望
计划潇洒地道个别
就此不回头
但雨水已落进我的心
侵蚀到可能有的出演
绞毁了一张脸
妆晕成为不完全的誓言
面颊流出最浓的导火线
破裂 破裂
这夜为何被雨拍打得
如此 明明灭灭

有些痛可以用眼泪承担
哪些痛非得以屈从了断？

No Title
无题

天地一色时
一切总是安静的
就像天空和盛装天空的大海
就像黑夜和笼罩黑夜的大地
安静是一种状态
从来不需要表达

表达是一种解释
一旦解释 语言开始流行
流行是一种不通俗的东西
当东西被命名时
谎言长满大地

申请一个专利
黎明请不要张开你的眼

97
multiópticas

Watching
望

望
会望出娴熟典雅
会望出雍容华贵
会望出妖艳妩媚
会望出落寞沧桑

路边的蔷薇一簇簇迎
断壁的墙埂一方方垂

摘花与拾梗
一个在中
一个在际

我不是旧时女子，只是旗袍女人
向着生活挪步
一波未平，一波又起

Autumn Blues
秋愁

一条路要走多久
才能看到尽头

一封信要写多久
才能找到寄出的理由

一个人要等多久
才能有一次树下的逗留

当树叶终究黄了又绿
绿了又黄

辽阔的农田呀
你到底肥了几亩

若那日有孤雁飞过
请千万不要停留
思念再长会有遗忘
路途再远会有终点
而一秋的忧愁
即使越过万水千山
还是无止无休

Waiting for You in Upstairs

在楼上等你

在楼上等你
等待有人经过
不动的是人 动的是物
看画面一幅幅从眼前流过
期待有个留给观众的结果

在楼上等你
背景在轮换
制作完成的是导演的镜头
为了自己的主题
牵扯了别人的经历

在楼上等你
幻觉会出离本体
站立成为行为艺术
跟思想一块放映重播的权利
买单的永远是无事的妇女

在楼上等你
以高位俯视一切的境界
完成包容万物的进化程序
不论是悲剧 喜剧 话剧 舞剧
只要你导
就会有生命的历史意义

在楼上等你
等到的是怀旧的歌曲
等不到的是最新的连续剧

Placed
摆设

梧桐，把大片的叶子
摆设在枝头上 招摇

夏天，把大量的裙子
摆设在清风里 荡漾

好想也有一季的感想
是关于理想 是关于未来
关于某个夜晚的对白

曾经把青春摆设在你的手心
你挥手擦了擦额角的汗
遥望远方的那堵围墙

理想是那堵围墙
被无数人推翻
又被无数人砌起

如果砖瓦也会被摆设
无论是做楼顶或是地基
那个青春的午后
被你摆设在哪里

眼看着，眼看着
不忍看着
这美丽的季节 远去

Tranquil and Comfortable Life

岁月静好

把经过的日子
借今夜的月光
悄悄碾碎 榨汁
想必这样多少
可以体会你的味道

与你的分秒
像流水 守着岸堤
不急 不缓
即使越过一座山
也有穿跨的高度
纵使汇入海
也曲折曼妙 缠绕

从未想过会有分离
只把相思的苦 守成越冬的雪
一片纯洁 一片淡然
那隐隐的痛与忧伤
还未凝结 就冰冻成霜
贴在最靠近你的窗玻璃上
用你的温度和我的创伤
模糊成未曾料想的纪念章

旗袍在裁剪、

造型上的变化反映的是人的观念和社会风气的变化。

清朝后期旗女所穿的长袍，

衣身较为宽博，

长度长至脚踝，

造型线条平直硬朗，胸、肩、腰、臀完全平直，

身体曲线毫不外露。

清朝后期旗袍与民国旗袍相比，

主要有几点区别：

前者宽大平直，后者开省收腰；

前者内着长裤，后者内着内裤或丝袜；

前者开衩处可见绣花的裤脚，后者开衩处露大腿；

前者面料以厚重织编或其他花织物居多，

装饰繁琐，后者面料较轻薄，装饰也简约。

E L E G A N T

优

雅

优雅型旗袍

Elegant Cheongsam

这样的女性女人味浓、
精致、
小家碧玉型、
柔美。
有含蓄的女人美、
优雅的面容、
温柔的眼睛，
脸上有贤惠、
温柔的特质，
给人一种飘逸的感觉，
气质柔弱。

Species Numbers of Spring

春天里的算术

春色重
枝叶好密
收拾枝蔓 剪掉一支

情谊浓
遮住呼吸
掂量记忆 斩断一缕

行色急
乱了分寸
回到轨道 排列一组

适规矩
上了台阶
跨越一步 你我还在那里

武汉大学

February Purple

二月紫

是谁来到我的田野

带来这紫色的信息

有人说这是二月的颜色

那么就把土地染成紫色吧

让我时时记得

刚刚经过的飘着丁香味道的村庄

还有我的家乡

A Falling Star Lightened the Sky

流星划过的夜

夜空繁星闪烁
却有一颗独自殒落

当殒落成了一种常态
除了记得你闪烁的美
更想起你存在的伤

你一颗一颗独立
心与心之间从不牵扯
若说孤傲是一种状态
又有谁懂得决绝的不得已

每当想起你来
总能看见夜空中最亮的一颗
你矗立在北方
把无尽的清辉撒落
如果看见你就能想起自己
如果疼爱你就能珍爱自己
还有谁会在夜里留一盏灯的光线

一直想知道
要有多少颗星星的坠落
才会真懂得绝望的意义
难道
只有消失才能证明存在过吗

如果你在夜里问我
那一定是因为有流星划过

Luminous Cup

夜光杯

昏黄 寂悸
这夜总是迷惘

穿过街道的行人
笑得响亮
两三个人的打趣
像电影里的不知所以

看欲望的街角
都有谁带着谁登场
是彰显本真的乖
是秉承怪异的狂
一点两点散星
三盏四盏街灯
用倾斜的光
洒凌乱的辉煌

这边场景刚定
那边电话又响
低叹 浑浊
欲语已空
错乱不搭的条理
把音频梳理成交织的网
声音调到最低
屏蔽这急促的呼吸
越来越紧的脚步已然不再周正

这夜不是来形容安宁
窥探的神秘感愈演愈稠密

Well 哎

哎
当尾音一发
突然的不可收拾的酸
不知从何而来

突然的
想只和自己存在 在这一刻
突然的
想独自一人去走一条好远的路
正如曾经的曾经

夜晚是不能热烈的
夜色是不能渲染的
对比是不能强烈的
思考是不能完成的

Dusk

昏

把自己放置在屋子里
然后装在盒子里
然后套在面具里
静待毒气的浸泡

特别享受这被包裹的惩罚
因为心会无限地遨游
那里我会看见我的爱人与我牵手
我的孩子滚成一片的缓坡
分不清野花与笑声的边界
哪个更有无邪的颜色
而蓝天与绿地以宣誓的姿态告诉我
纯粹就是自由

不忍睁开眼睛
然而也不用
白天与黑夜早已不用辨认
天与地早已昏杀一片
只有一滴乌黑的血色
从地上流淌到天空
那就是死亡的上帝的手

Picking Star
摘星

有一颗星在天际
也曾夜夜守望
幻想其中有着一座怎样的桥梁
而月圆月缺 星辰更替
那变换的宇空
曾经无情地毁掉了一个孩子的梦想

在记忆的路途
踏上一条杂花铺满的碎石小径
遇见一位手捧鲜花的姑娘
她稚嫩的脸庞有从未忧伤的记号
我轻轻呼出一个名 欲留住这份美好
惊乱中道出你儿时的称号
姑娘并未惊异
只是回头看我
递来一束带着露水的勿忘我
寻着花的香气
我仿佛看见你对我盈盈地笑

笑着笑着
被单滑落
冰凉的月光无情地撒落
还是那个守望的孩子
还是那个风霜的角落
而香气滞留 笑容还在
我挽了挽手
告诉自己
那颗星我已摘到

Southern Eighteen Landscape Care

南方十八里山水的牵挂

在树下看天
树叶太密
只透过叶子漏掉的眼儿
望见阳光星星点点
槐花儿太香
水一样漂过来
这样的晌午
合适酣梦一场

千年前的女子
万古回望
绯红的两颊还带着当年出嫁时的模样
那袒胸的纤夫
拉着号子
一次次守护你在莫愁湖上

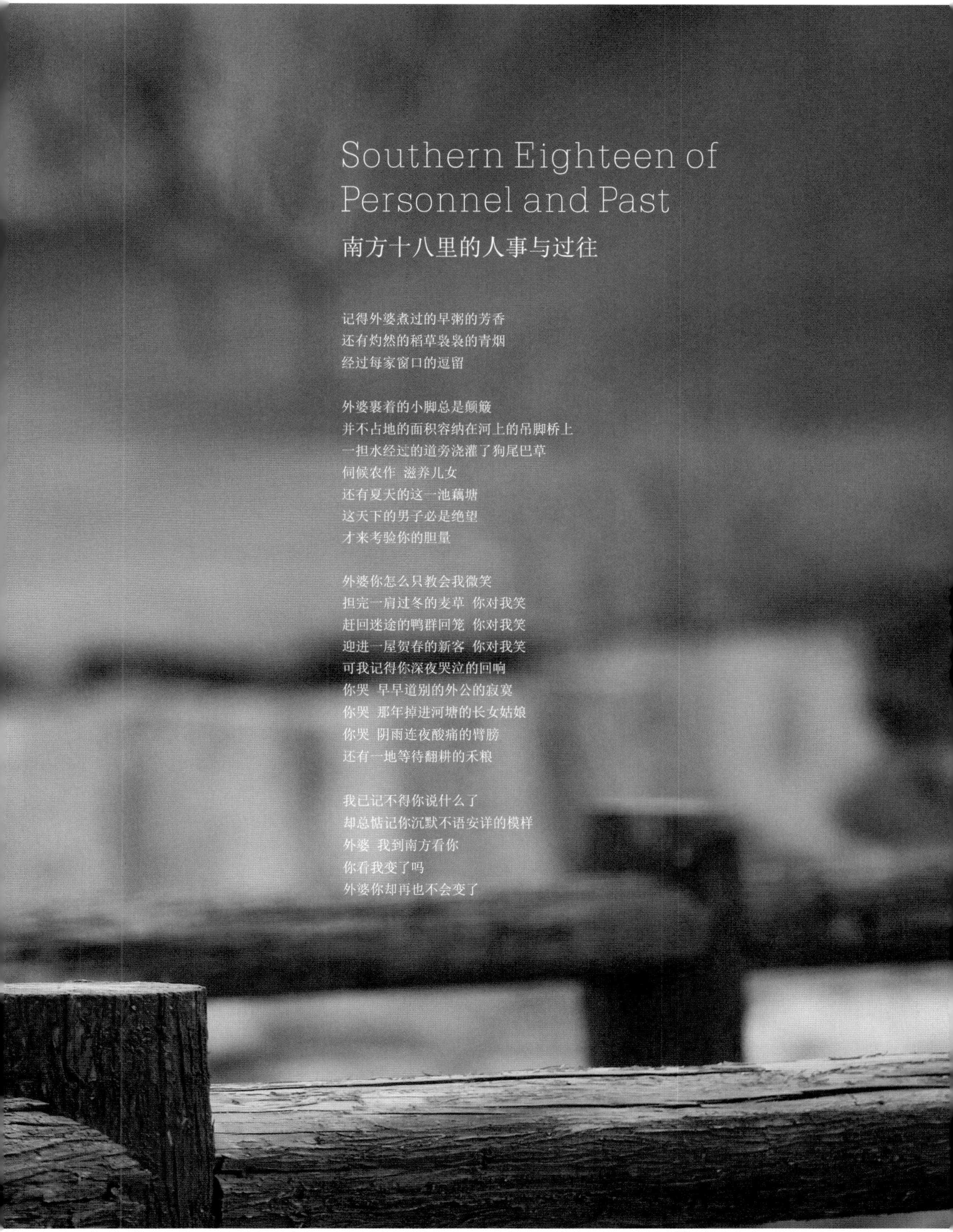

Southern Eighteen of Personnel and Past

南方十八里的人事与过往

记得外婆煮过的早粥的芳香
还有灼然的稻草袅袅的青烟
经过每家窗口的逗留

外婆裹着的小脚总是颠簸
并不占地的面积容纳在河上的吊脚桥上
一担水经过的道旁浇灌了狗尾巴草
伺候农作 滋养儿女
还有夏天的这一池藕塘
这天下的男子必是绝望
才来考验你的胆量

外婆你怎么只教会我微笑
担完一肩过冬的麦草 你对我笑
赶回迷途的鸭群回笼 你对我笑
迎进一屋贺春的新客 你对我笑
可我记得你深夜哭泣的回响
你哭 早早道别的外公的寂寞
你哭 那年掉进河塘的长女姑娘
你哭 阴雨连夜酸痛的臂膀
还有一地等待翻耕的禾粮

我已记不得你说什么了
却总惦记你沉默不语安详的模样
外婆 我到南方看你
你看我变了吗
外婆你却再也不会变了

Painting
作画

一顷红砖白墙
几段木纹铁架
编成画室

一把横插的斜阳
几笔乍暖还寒的色彩
制成工具

抹一道金秋的稠黄
加一条暖冬的疏红
服装糅在光线的斑驳里
人物寄托乐谱的梦幻中

人在舒展中成道具
画在铺陈里变女王

Disappear
消失

想念一种拥抱
可以把繁复去掉
可以被托举云端
可以不沾染尘嚣

我站在人间
想着被你引入的天堂

一瞬间
身已轻盈
是谁把风吹起
还有
温软的话语
我看见人们向我招手
汽车以一种绝望的姿态后退
而城市在消失前用灯火亮相

给你一双翅膀
你被唤作鸟
给你一对触角
你被叫做虫
给你一堆杂念
你被称做人

我是要消失的
而消失是天亮前最后的光线
在我弄明白之前

Loss
丢失

昨日
我丢失一只心爱的耳环
我的丢失总是从一只开始
然后接二连三

可巧
姐姐送我一对珠宝的心形耳坠
不知是姐姐知道会有我的丢失
还是我的丢失早预告了姐姐

这多少让我想起童年
空旷的黑色的木质的房梁
徒然的无色的涂鸦的四壁
我把自己丢失在古屋的气味里
当外婆跛着小脚劳作回来时
蛙也叫了 蝉也鸣了
整个童年充斥的就是一个疑惑
是外婆编织了欢语
还是欢语只认识外婆

我是个被弄丢了的孩子
丢失了摆弄在手中的石子
丢失了刚得到的一颗糖果
丢失了昨天还叫我妹妹的哥哥
丢失了才认清的父母的面孔
我的丢失总是接二连三的

而今天
我还是被丢失了
被爱人丢失在人海里
茫茫的
成为最容易被遗忘的那一个

Festival
节日

是谁在炫耀新衣
是谁把自己一遍遍萦绕
用明天的霓虹 用袅娜的丝线

我只是歪身坐在地上
搂住了长袍的膝部等你

我的岁月里从没有节日
更没有需要庆贺的哪年哪月

若你定要问我
我的日子如何算计

亲爱的
只有一句

离开你 已经多少天
遇见你 还剩多少天

Dramatic Night

戏剧的夜

好稠密的夜色
趁着一切黑得周正
相约着去看一出戏
角色有艳妇 还有小丑
台上煞有其事
口红涂抹得绚烂
姿势拿捏得方圆
能把戏出演得像戏是件不容易的事
台下手机呼叫 朋友召唤
声音赛过台上麦克的叫嚣

是看别人的戏还是自己出演
是需要商榷的事
抓一把瓜子 吐一口唾沫
真正的好戏开始了
两句平实的引子 一段辗转的铺叙
跌宕高潮在瓜子壳的咯嘣声中进退
那明灭的眼神 那薄脆的唇舌
世间角色 人物性格
不过几个字
可贵的是明白的人
不是因为听到了音
而是看到了命运的因果轮回

Across the Sea

对面的那片海

你坐在对面
低着头
不知是搜寻勇气
还是在翻阅慌张

你的脖颈在午夜的清辉里
像一只搁浅的贝壳

我用目光丈量着你的胸膛
不知那里的起伏 汹涌着谁的波浪

偶尔你探求的余光里
我仿佛看到希望
看到航行前方唯一的向往

不是我要闯入这片海域
只是今夜风大
来自天堂的神奇笼罩了这夜的桨

我欲点燃一盏灯
替代这沉默的海洋
而你一抬眼
明亮的辉煌瞬间升腾迷茫

一只蜗牛在灯壁缓慢攀升
我轻轻揽起
不想搅乱他的平衡
然而触碰产生的瞬间
天地两级早已轰然鸣响

怀旧的午后

Nostalgic Afternoon

夏日的午后
阳光很慵懒
光的出发决不跟从线的脚步

沉闷的响雷
嘶哑 夸张
用形式铺张一种纪念
雨遇见云才下落的
柳遇见风才摇摆的
天遇见地才爱恋的

要坐在陈旧里想你
从头顶的发到脚面的灰
都镶带凝固的趋势
光影明灭
暗香浮动
有空气从侧边潜入
有声音在地表飘忽
这左右摇摆的思绪
该接受信号
还是要屏蔽感应

你不说话
我绝不提早已明白

Many Years Later

这么多年以后

一边有温润的风从唇齿拂过
一边有炽热的风在耳根摩挲
忘记了这是海边或者山里
有时忘记后
才清楚了自己的位置

哼唱着歌曲
是你还是录音机
这不重要
有音乐心里就住进了你
静止也变得广阔
还有无尽的和风与细雨

活得如此程序
电话一个接着一个
约会今天赶着明天
形式而已
只因你说 美好是在心里
便用一个心盛装自己

就这样独自经过了很多年
该来的来 该去的去
如果那次的风还在
岁月就不会更改
山一程 水一程的相遇

不是不见你
山川总是情
不是不想你
如果风她能静止
风雨也相济
飘零

Quiet

安静

天有阴也总有晴吧
你说来也总会走吧
我不急
来去回归一种自由

灯光太安静
听不见你的话语
却仿佛看见钟鼓敲击的节奏

讲话太有条理
即使不懂
也缓缓理解一种情绪听着 听着
仿佛变成你句子里的一个逗号
分隔的是两个字
却偏偏联结着故事的两头
一头开始着序曲
一头延续着结局

文字太理性
她哪里明白这些千头万绪
挑三拣四 斟酌二三
总表达不出个一二
换个姿势坐着
坐成心想的样子
若中间必有交流
我的手会越过时空
停留在你的手心
此刻就此永驻

Ponds Full Moon

河塘望月

我在这时望月
月在这时望我

突然记起
儿时满月的池塘
莲米与藕荷争香
泥鳅与鳝鱼混杂的河
石子飞过涟漪荡漾
有几个满月
有几次故乡

想起你来
便想起一整个家乡
一池满月的河塘

TASAKI

Blue Night

夜之蓝

看不见星空
却看见了你
被云彩团团围住
依然闪烁 闪烁
你是暗夜的星 星夜的月
你是明亮

看不见灯火
却看见了你
琴弦轻拨
旋律丝丝回荡 眼波点点回畅
落在琴上七弦高低荡漾
落在裳上纹理闪动春光
你是夜未央

两支烛光陡然惊醒
忽闪 忽亮
被叹息的轻风 被回荡的夜光
被急促的呼吸
轻扬 轻扬
你是暖流 是轻波
是绽放的辉煌

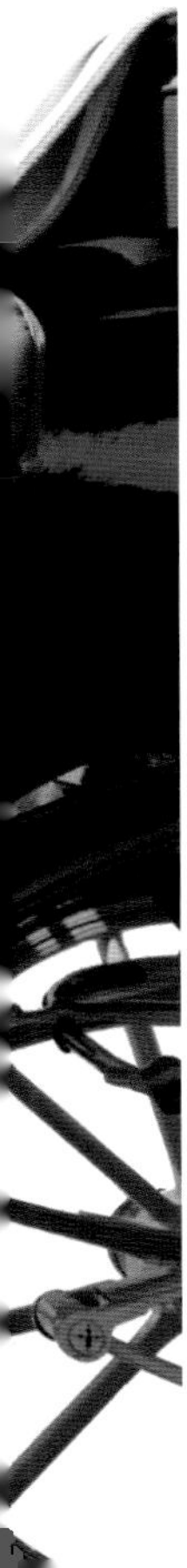

Heavy Rain of the Past

大雨的往事

你在门前望雨
雨点罗列你的思绪

陌生的城市
陌生的雨
而记忆却那样熟悉
一样昏沉的天
一样平淡的风
只有响雷惊愕着消息
霹雳而来
有人呆坐 有人焦灼

如果天总如愿
那雨天还会不会再有
如果情总长久
那遇见你的假期还有没有

托这阴差阳错的机缘
几次错过 几次无奈
终归来来往往的交集
等到雨大 待到心累
终点回到起点
才盼来相同的场景
不同的开始

雨下到最浓烈的时刻
突然进入一种最深刻的沉默
好想问你
这是熟悉的 还是陌生的

雨思

Meditation in the Rain

有一种 乡愁从河埂升发
薄雾一片盖过一片
是河水 还是雨露
清凉的光

你的视线
还有低头闪躲的慌张
于我 却越发明亮

河面 涟漪的波纹
微微荡
是风的力 风的力
在和谁较量

你总不讲话 是谁在说
谁说 雨停不下
杯里的茶凉了
屋外的灯亮了
风不静 雨不停
思乡 打不开的话茬

Making Inquires in the Night

问夜

能遮住月色的
除了迷迭香，还有你的明眸

楼外，歌声迷离
或近或远。不真切的醉
弥漫……分割了
红黄的夜空

烛光婆娑，如泪眼
斑斓中我的名被轻轻
唤起
如我，是我，知我？

若明月还在
你在
那个我，她在哪里？

若我在
烛光如昨
你又将以何种
身份，面对我

The Falling Plum Blossom

落梅

想念
你不在身边
忽然
春天落梅
风卷帘

寻梅
在四月天里
情
像断线的风筝
漂泊　装饰
天空的寂寞

若你不问我
谁会知道风从哪里来
若你不爱我
这梅 这梅 这梅
无限期地落

Under the Luojia Mountain
珞珈山下

一坐 就是一个
世纪 风一刮
青春就落下

腊梅香气还未凝结
樱花撒娇般 嘟着嘴求赏
你把我安置在落花深处
霓裳与花影 剪接在
你的闪光灯架

那桂园里的 是
花吗 画吗
只有暗香 寻不着
飘洒
她和他的手记下

不念枫叶 不济秋
谁让恼人尽晚霞
归途 湖滨坡下
铃铛照耀着飞滑

等冬雪下
喝幸福坡的茶
爬珞珈山上的灯塔
有个誓言存了百年
要一次全部摘下

The Flowering Phase in December

十二月的花期

在空气的一头坐着，安静
是透明的 能看见气流
忽明忽暗

室外有香气飘来 紫槐
还是丁香 这是什么季节
三月是适合你的
还是九月花期更长

四十次等花开 算是
绝对么？
四十次看花落 算是
成熟么？

从一头到另一端怎么
丈量。该来的聚过了
要走的 从来没有
犹豫

如果等是一种 宿命
盘山路是我坐着的样子
九曲盘绕 在你膝下
一触碰 山洪就爆发

毁灭 是极端的
冬天 是灰色的
等不及的 是麦田的收割
来不及的 是凋零的黄叶

相遇越发可笑
一会儿你在加勒比海 数阳光
一会儿你在环渤海 落晚霞
移动的都是 不知名的影子
凝固的是四十次 错过的
花期 水和水终究会聚合
不同季的花 谈论的都是你

十二月的阳光 不急
不躁 能说清楚的不多
花没开 你没来

Roses by the Riverside

河边的玫瑰

来有风在
去也雨

波动
一样的水流
一样的栈桥
没有你
只是没有

听芭蕉还在打雨
青石板的台阶
还在寻找你的倒影

指头尖尖触碰到浅浅的刺痛
是桥边野玫瑰的伤
迎着光扎人眼的亮
绽放的娇美
枝叶还有昨夜的雨泪

如果盛放一次
没有你来过
如果点燃这一季
没有雨水滋润过

让我醒时梦中
怀带这淡淡的哀怨

Night of the Imperial Palace

故宫的夜

那一夜
你手数着桥孔
我仰脸望着天

天空是北斗的星和侧卧的柳
水里是桥孔和隔壁餐厅的火焰

那一夜
你明明说分开只是片刻
怎么一眨眼到了20年后的这夜天

故宫前的这一湖水
夏长荷叶 冬长雪
没人记得
也长过一个20年的诺言

同样的石板路
当年的板鞋 今天细碎的高跟鞋
同样的步伐
有合不上的古怪惦念

那一夜
碎了一地的月光和朦胧的眼
顺着桥孔数过去
昨夜今宵只是隔着一座桥
憔悴的是看故事的人
心慌的是看不到章节的断片

故宫
原来你我心里都有座宫殿
故人搁在里面
心在夜色里
随杨柳飘荡过
随星星滑落过

光影明灭几重天
这宫殿如何还能复原

20世纪30年代过去后，

40年代仍然是旗袍黄金时期的延续。

当旗袍进入50年代后，

民国时期的风格已褪去，

流行的主导转向平民，

审美上以实用、美观大方为标准，

朴实的人们将心思放在了狂热的革命工作上，

于是旗袍中所代表的悠闲、舒适的淑女形象失去了观赏的市场，

甚至为人所鄙视。

到了60、70年代，

中华大地上再也难见一件旗袍。

其后直至今日，旗袍能大放异彩的地方，

基本集中在时装T台上和影视作品中。

演员们淋漓尽致地穿出了旗袍沉寂已久的神韵。

旗袍注定要在岁月的流转中宁愿孤守寂寞，

也不愿放低身价，

从而成为一种高贵的物品，

不为多数人所有……

后 记

航宇首先是个诗人，然后才是时装设计师。

我认识她是因为诗，然后才是服装。当她和我聊起旗袍的私人定制时，我脑海里出现的，不是私人定制，而是诗人定制。这是因为，对她而言，诗歌与服装本就是灵与体的合一。

她的诗是真诚的，而且韵道十足。可以读出她对生活中美丑善恶的感悟，是从心里流淌出来的诗。

她的服装充满了韵律，而且优雅时尚。让人感觉动静之间，形色相映，是发自心灵对美与真的映射；隐约间有诗的节奏，方寸里是文化的具象。

信手拈来一首她的小诗，就足以说明她对服装的倾情：

挥一挥手臂
揽下这一夜的布匹
要趁这夜色还浓
为爱人缝一件
月色旗袍
清辉的色 静谧的爱
缕缕微皱的 把弄好久
这是自然的杰作
蘸上最浓的墨汁
点了一滴泪
抹了一笔柔
……
如果一件炫衣
能留住芳心一颗
我愿随月色夜夜不停
纺织缝补
了此一生

当下的部分人群，慢慢地认同资深人士的这么一种描述：时尚不仅关乎外在，而且关乎内在，关乎人的精神需求。时尚是诗，诗是时尚，两者密不可分，融为一体……

这是因为随着“后土豪时代”的完结，国家的强盛在催生民族文化的觉醒。而民族文化的复兴，首先会是一种生活方式的进化。

很庆幸地看到，她能踏着时代的节奏，致力于打造新中式现代时尚生活方式。是的，对航宇而言，文化与时尚、诗歌与服装，是内涵与外在的转换，是形与意交合，是美的韵律和形的调性的融合。

更可贵的是，她以现代写意生活方式的设计理念，来承接传统文化的精华，让中华旗袍文化强势回归，并赋予现代生活的理念，让它活化、让它走向世界，让它走向未来。

京畿晧爷

2017年10月

图书再版编目（CIP）数据

一袭香黛：航宇旗袍诗集／龚航宇著.—武汉：武汉大学出版社，2018.1
ISBN 978-7-307-19721-3

Ⅰ.一… Ⅱ.龚… Ⅲ.诗集—中国—当代 Ⅳ.I227

中国版本图书馆CIP数据核字（2017）第233605号

责任编辑：郭 静
责任校对：李孟潇
整体设计：罗 π
出版发行：武汉大学出版社（430072 武昌 珞珈山）
电子邮件：cbs22@whu.edu.cn 网址：www.wdp.com.cn
印 刷：武汉精一佳印刷有限公司
开 本：787×1092 1／16
印 张：12.5
字 数：143 千字
插 页：2
版 次：2018 年1月第1版 2018 年1月第1次印刷
书 号：ISBN 978-7-307-19721-3
定 价：248.00 元

古典型旗袍

Classical Cheongsam

传统式样的旗袍，
最适合古典型人穿着。
旗袍款式不易变化太大，
多为有领、有袖的传统式样，
花色图案不能太夸张，
图案尽量保持连续性。
面料要保证高档，
盘扣很适合正规的如意形、云形等。
古典中透着高贵，
成熟而知性，穿出纤细动人的韵致，
感觉一下子妩媚生动起来。
略带感伤的忧郁的表情，
伴随着缠绵悱恻的眼神，
那一回眸一举手里有着一种隔世之美，
恍然如梦……

CLASSICAL

古

典

旗袍

作者：毛梦溪

一袭流韵，
婉约不尽。
万千风情，
在拈花怯声中，
倾世倾城，
次第缤纷。

一步惊心，
妩媚慑魂。
多少爱恋，
在春华秋月里，
不惊不扰，
暗香袭人。

相约或无语，
对视或无声。
谁把你的诗情尽收眼底，
谁将你的画意顾盼神飞？

不知爱所起，
一往竟情深。
我把你的雍容望穿秋水，
我将你的华贵预约一生！

2014年11月24日

Hang Yu 龚航宇

香黛宫首席设计师龚航宇，
中国十杰设计师、文化素养讲师、诗人、旗袍文化国际交流大使，
中国首席品牌官。
毕业于武汉大学，
之后到韩国和法国学习服装设计，
青年时代游学近40个国家，
丰富的阅历使得她的设计中西合璧,独具一格。
尤其是回国后独立创建的香黛宫品牌，
首创时装旗袍概念，让传统服装散发新的生命，
更多人可以在日常生活和工作中穿着。

荣誉：
中国绿色设计创始会员
2017年“一带一路”28国元首夫人故宫展演服装
2016年中苏建交40周年作为文化使者出访南美
2016年世界小姐中国总决赛指定旗袍
2015年米兰世博会华服设计师
上海宋庆龄基金会爱心大使
2015-2017年梅赛德斯奔驰中国国际时装周唯一旗袍设计师
国际小姐中国小姐总冠军唯一指定旗袍设计师
2014年中国设计业十大杰出青年
环球夫人大赛全国及全球指定礼仪老师
新西兰王室指定华服设计师
山西卫视“够范够中国”代言人
《人民画报》中国“智造”故事人物
《中国纺织》、《时尚Cosmopolitan》杂志、中央电视台“形象专栏”服装造型师
北京大学、清华大学女性课堂讲师
著有散文集《智慧女人花》、诗集《穿旗袍的女人》
被媒体誉为“现代旗袍第一人”

093

艺术

123

优雅

王阳明悟的是道，而龚航宇悟的是美，他们的共同点是寻觅到了自己追求的理想。自从龚航宇顿悟到寻美的内求哲理以后，她的思想境界升华到一个新的高度，她把目标聚焦到中国的女服旗袍，而且一头扎进去就出不来了。她认识到，从西方形式的美到东方意念美和境界美，是美的升华。旗袍文化博、深、韵， 它体现的是东方女性的委婉多情、含蓄内秀，或藏或露，或曲或直，尽显不同女性的美艳。龚航宇认为：“女人没有丑的，只有丑陋的心态和懒惰的心”。这个观点与爱因斯坦认为“每个人都是天才”如出一辙，问题就在于我们如何设计和实现自我，是否把我们的潜质发挥到极致，如果每个人做到了这一点，那么他们都不会再是一个俗人了。

龚航宇的美是骨子里的美，她找到了美，也找到了自己的事业。在最近的4年中，她创造了无数的奇迹，一人包揽塑造三大最顶级国际选美机构的冠军形象，创立了“香黛宫”的品牌，营造了十二香黛文化，开办全球首家旗袍剧场，被评选为“中国十杰设计师”、文化素养讲师、旗袍文化国际交流大使、新西兰王室华服设计师，出版了散文《女人花》、诗集《穿旗袍的女人》等畅销著作。龚航宇开发的以旗袍为主的时尚服装产业，正处于如日中天的时期，她正在进一步策划，寻找合伙人，进行资金链接，准备把她的香黛宫文化公司扩大到上海、苏杭、萧山、武汉等地，相信她的事业越来越红火。

那么，一个学习政教专业的女生，是怎么成为中国当代时尚旗袍文化的创始人的呢？我说她是一个特殊人才，也就是从这个意义上说的。她的成才与所学专业无关，与通常成才的道路也大相径庭。我是研究创造教育学的，从创造的角度说，我以为她成才的主要经验归结为三点：

首先，兴趣是成才的关键。每个人都是自己命运的设计者和实践者，而兴趣是成才的出发点。龚航宇自幼喜欢歌舞、绘画，老师也鼓励她学文艺，可是父母却认为读书和掌握专业知识才有出路，于是航宇从小学到高中都远离文艺演出。我始终认为，在选择专业问题上，由父母或者老师越俎代庖是不可取的，正确的方法应当是顺应孩子的天性发展，尊重他们的志趣。我还认为，一个人成才与否，与所学专业没有绝对的关系，学什么、做什么和成就什么，也不是铁定的规律。所幸的是，航宇到大学毕业时，回归了自我，正确地设计了自我，选择了时尚服装设计为自己的毕生事业。

其次，梦想不息，寻梦不止。她大学毕业以后，大约用了10年的时间，到韩国、法国和欧美40多个国家留学和考察，义无反顾地踏上了寻梦之旅，也是她寻觅美的人生历程。对于一个刚刚毕业的女孩来说，如果没有执著的精神，是不可能坚持到底的。令人感动的是，她的寻梦并不是一帆风顺的，在法国她遭遇到绑架，在欧洲她露宿过公园，在加拿大魁北克遭遇到冷眼。但是，正如《警世贤文》所说：“梅花香自苦寒来，宝剑锋从磨砺出。”古人说“十年磨一剑”，航宇做到了这一点，历经十年的寻觅和顿悟，寻找到中国时尚服饰文化的根，先后四次访问多伦多，从Chantel Gong翻译过来香黛宫这个品牌。

再次，灵感是创造之源。武汉大学江柏安教授等，于2016年组编和出版了《武汉大学校园歌曲30年精选集》，他多次来访请我为该书题词，在没有准备的情况下，我信手题写了8个字“惟有创造才有艺术”。这就说明，艺术与创造是如影随形的东西，没有灵感也就没有创造。龚航宇是诗人、时装设计师、时尚文化开拓者，灵感对于这些职业是须臾不可少的。时尚之所以流行，就是因为它具有新颖性，如果没有创意，那就不再是时尚，而成为过时、落伍和土气，自然就将被淘汰。从龚航宇的经历来看，她是一个富有灵感的人，无论写诗或是时装设计，都需要灵感。例如，她即兴表演的钢琴舞《雨丝》，香黛宫品牌的创意，十二香黛文化，旗袍剧场等都是灵感诱发出的创意。灵感并不神秘，它无时无刻不存在于我们的周围，问题是我们要有一个“有准备的头脑”，随时随地捕捉稍纵即逝的灵感。我衷心希望她的灵感迸发，站在时尚文化潮流的涛头，开拓中国文化时尚的未来！

龚航宇是我未曾授业的学生，也没有获得由我签发的毕业证书，但我们却因书而结缘，因爱美而相识。这是一份迟到的师生情谊，她恳请我为其书作序，我为她追求美的执著精神所感动，故特写了以上一段文字。兹忝为序。

刘道玉

2017年9月18日

于珞珈山 寒宬斋

一个特殊人才的成长之路
（代序）

今年8月底，我收到了责任编辑郭静转给我的一本书，是由经济科学出版社出版的《穿旗袍的女人》，作者是龚航宇。现在，作者又进一步作了修订，准备以《一袭香黛——航宇旗袍诗集》，由武汉大学出版社重新出版。我浏览了这本诗影并茂的书，发现作者原来是武汉大学96届的毕业生，是一位著名的服装设计师，是香黛宫品牌的创始人。读完这本书后，留给我的第一印象是，她是一个特殊的人才，《穿旗袍的女人》是一本特别的书。

我是一个有求必应的人，尤其是武汉大学的学生，甚至是外校的大学生，凡是有求于我的人，只要我能够做得到，我一般都是不会拒绝他们的。但是，我面对的是一个陌生的作者，而旗袍文化又是一个陌生的领域。为了写好这篇序言，我需要了解作者和她写作的情况。于是，我通过责任编辑郭静联系上了龚航宇，我对她说："我同意为你的书写序言，但希望你提供个人的一些背景材料，我将把你作为个案进行研究，以便总结你的成才经验。"她同意了，先后把她写的"我与香黛宫"、"生命的颜色与线条"，以及有关对她的报道和专访，以电子邮件的形式发给了我。这使我对她有了一些初步的感性认识，但我还需要从理性上分析，她究竟是怎样走上了热爱和开发旗袍文化的道路？

1992年夏季，龚航宇以优异的成绩被武汉大学所录取，她选择的是政治思想教育专业。该专业的培养目标是：培养具有在党政机关、企事业单位、高等学校和社会服务机构，从事马克思主义理论和思想政治学科的教学、科研和思想宣传工作的能力的复合型高级专门人才。很显然，龚航宇现在从事的职业与该专业的培养目标，是风马牛不相及的。

在新生入学后的一个晚会上，同学们举荐她表演文艺节目，她急中生智，临时根据理查德•克莱德曼的钢琴曲，自编自演钢琴舞《雨丝》，以雨丝寓意飘逸、轻盈和恣意的长发。她的表演获得了成功，同学们簇拥过来向她表示祝贺，而学校负责文艺活动的老师却发现了一个文艺骨干，把她吸收到学校文艺队，准备彩排迎接校庆100周年的文艺演出。为此，她利用晚上时间，自费到武汉音乐学院学习舞蹈，虽然经历一段极为艰辛的磨砺，但在她的心田里却播下了艺术美的种子，只是等待来年发芽、生长、开花和结果。

1996年夏天，龚航宇顺利地完成了学业，获得了武汉大学合格毕业文凭和学士学位。武汉电视台对她非常赏识，意欲聘请她为节目主持人，这本是一个众多毕业生梦寐以求的职位。可是，龚航宇却婉言谢绝了。她选择了到韩国学习服装设计。在3年的时间里，她先学习服装设计，后又学习做服装。没有比较就没有鉴别，于是自2000年到2002年，她又到法国学习服装设计。每一个女人都有一个巴黎梦，而龚航宇到法国留学也是为了寻觅自己的梦。

此后，她先后又考察了欧美40多个国家，目的依然还是寻求美和自己的梦。什么是美？美感起于直觉，我国美学大师朱光潜先生认为："美不完全在物外，也不完全在人心，它是心物婚媾后所产生的婴儿。"龚航宇通过考察发现，韩国女性是优雅的美，法国女性是浪漫风情的美，美国女性是舒适加个性的美。她出出进进考察了那么多的国家，以为自己很国际化了。其实，跟着大牌名家学风格是没有根的，到头来唯独没有自己的风格。她经过对比、反思，认识到外求与内求的关系，这就犹如王阳明"龙场悟道"一样。王阳明因反对宦官刘瑾，被谪贬至贵州边缘荒芜之地龙场。他追问怎样才能成为圣贤，不断扣问尧舜、孔孟："圣人之道何也？"一个疾风暴雨的夜晚，他从梦中惊醒，突然意识到："圣人之道，吾性自足，向求之于事物者误也。"最后，王阳明被称为心学的创始人，也是继孔子、孟子、朱熹之后的第四位圣人。

一袭香黛

航宇旗袍诗集

龚航宇　著

WUHAN UNIVERSITY PRESS
武汉大学出版社